ピアニストの兵隊さん

～ちりめん先生の記～

古畑　博子

ほおずき書籍

ピアニストの兵隊さん ～ちりめん先生の記～ ＊ 目次

新任教師

ちりめん先生 2
玉石ひろいと黒い革靴 5
満蒙開拓青少年義勇軍の壮行会 7
疎開のピアノ 10
勤労奉仕 13
ホップ摘み 15
同級生 19
焚き木運び 21

戦局の悪化と不安な日々

金歯とお餅 24
初めての三学期 26
十二月八日からガダルカナル撤退へ 28
松本女子師範学校と松本五十連隊 32

留学生、鄭さんとの別れ　36
慰問の音楽会　38
松代大本営と十三崖　40
再　会　42
十三崖地下壕　44
硫黄島玉砕　46

耐え忍ぶ日々、そして敗戦

学童疎開の子どもたち　50
鎌と赤紙　53
軍事訓練　54
警戒警報　57
広島・長崎に新型爆弾投下！　58
敗　戦　60
回　想　63
長野空襲のこと　69

進駐軍がやってきた

進駐軍 72
焚　書 74
チューインガム 75
墨塗教科書 77

ピアノが育んだ友情

ノクターン 80
懐かしのバージニア 85
谷間の灯 87
荒城の月 89
もみの木 91

ありがとう、みんな

塩むすび 96
ふるさと 99
仰げば尊し 101

新任教師

ちりめん先生

日本に、長くきびしい戦争の時代がありました。

その戦争のまっただ中の昭和十九年（一九四四）、松本《まつもと》女子師範《しはん》学校（現在の信州《しんしゅう》大学教育学部）を卒業した絢子《あやこ》は、四月、訓導《くんどう》（教師）として、長野県下高井郡平岡《しもたかいぐんひらおか》国民学校（現在の中野《なかの》市立平岡小学校）に赴任《ふにん》することになりました。高社山《こうしゃさん》（通称・たかやしろ）の裾野《すその》にいだかれた、田舎《いなか》の小さな学校です。

これは、絢子が新任《しんにん》教師としてすごした戦中・戦後二年間のお話です。

絢子の母は、わが子が初めて先生になる晴れの日のために、少しずつ蓄えたお金で黒い革靴《かわぐつ》をつくってくれました。そして、紋付《もんつき》（家紋《かもん》の入った着物《きもの》）を絢子に手渡して言いました。

「この着物で、お前の好きな洋服をつくりなさい」

それは、箪笥《たんす》の底に残しておいた、母の最後の着物でした。箪笥の引き出しはもうからっぽです。たくさんあった着物はみんな、お米に換えられてきたからです。

絢子は、その黒いちりめん(絹織物《きぬおりもの》の一種《いっしゅ》)で、着任式に着るドレスを縫《ぬ》いました。着物地《きものじ》をひと針《はり》ひと針つぎ合わせ、胸元《むなもと》にひだをつけ、何日もかかって、とても素敵なロングドレスをつくりました。

四月一日、仕立てたばかりのドレスを着て、体育館の壇上《だんじょう》に立ちました。

「五年西組担任の金森絢子《かなもりあやこ》先生です」

絢子は、全校児童の前で紹介されると、〝本当に先生になったのだ〟と身が引《ひ》き締《し》まるのでした。

丈《たけ》の長い黒いドレスが、よほど子どもたちの印象に残ったのでしょう。その日から絢子は、「ちりめん先生」と呼ばれるようになりました。

こうして、希望にあふれる絢子の教師生活が始まりました。しかし、やがておとずれる激動の月日を想像することはできませんでした。

玉石ひろいと黒い革靴

「先生が来《こ》らった。ちりめん先生が来らったぞ！」

二十歳《はたち》の女先生を、五年西組の女の子たち五十五人は、いつもいつも待っていました。みんな、おかっぱ頭のかわいい笑顔の子どもたちでした。

北信濃の春はおそく、雪どけの合い間から黒い土が顔をのぞかせると、一里（約四キロメートル）も離れた千曲川《ちくまがわ》へ玉石《たまいし》を拾いに行きました。河原《かわら》で、玉子のように丸くてすべらかな白と黒の石を、一人《ひとり》で十個ずつ拾います。

そして、石についた砂や汚《よご》れを川の水で洗い落としてきれいにします。透《す》きとおった流れに手を入れると、春になったというのに、冷《つめ》たくて指がちぎれそうでした。

子どもたちは、玉石の入った重い麻袋《あさぶくろ》を担ぎ、絢子は、脚《あし》の悪いよし子ちゃんを背《せ》負《お》って、学校までの上《のぼ》りの道を帰りました。行きの遠足気分も忘れ、やっとの思いで学校に着きました。

校庭の一隅《いちぐう》に建つ御影石《みかげいし》の高い塔には、「忠霊塔《ちゅうれいとう》」と、標《しる》されています。河原から運んできた玉石を、忠霊塔の周りに広げます。外側には黒い玉石を、内側には白い玉石を、美しい玉砂利《たまじゃり》にして敷《し》きつめました。

この場所で、出征兵士《しゅっせいへいし》を送ったり、戦死者の英霊《えいれい》を迎えて村葬《そんそう》が行われたりしました。子どもたちは、並《なら》び建つ忠霊塔と奉安殿《ほうあんでん》に向かって、登校する時も下校するときも前を通るときは、いつも帽子《ぼうし》を脱《ぬ》いで敬礼《けいれい》をすることになっていました。

若い緑の葉桜《はざくら》のころになりました。四月二十九日は天長節《てんちょうせつ》。国の大事な行事です。子どもたちはよそ行きの支度《したく》をして、男の先生はカーキ色の国民服、絢子は黒いちりめんのドレスです。皇居《こうきょ》の方角を向いて深々と遥拝《ようはい》し、天長節の歌を歌いました。

今日のよき日は　大君《おおきみ》の生まれたまいし　よき日なり
今日のよき日は　御光《みひかり》のさし出《で》たまいし　よき日なり　……

校長先生が教育勅語《ちょくご》を読み上げるあいだ、全員が頭《こうべ》を垂《た》れて絶対に動くことはできません。

さて、式を終えた帰りのことでした。絢子の、あの黒い靴がどこかへ消えてしまったのです。母がやっとの思いでつくってくれた革靴だったのに……。先生になって初めての悲しい出来事でした。

それからは、暑い日も寒い雪の日も、何をするときも、配給《はいきゅう》された一足のゴム靴ですごさなければなりませんでした。

満蒙開拓青少年義勇軍《まんもうかいたくせいしょうねんぎゆうぐん》の壮行会《そうこうかい》

木々の緑が濃《こ》くなってきたある春の日、体育館で満蒙開拓青少年義勇軍の壮行会が行われました。平岡国民学校の高等科《こうとうか》（現在の中学校一・二年生の年齢）を卒業した十六歳から十九歳の少年義勇兵になる子どもたちを、遠い満州《まんしゅう》（現在の中国東北部）へ送る式です。

高等科の担任であった南《みなみ》先生が、卒業した教え子の家々をまわり、親を説得《せっとく》しておい願いに歩いていました。農家の次男、三男《さんなん》に、海を越えて満州へ渡ることを勧《すす》めていたのです。

「村を挙《あ》げて満州大陸へ！」

「拓《ひら》け満州の大沃野《だいよくや》」

「征《ゆ》け若人《わこうど》　北満《ほくまん》の沃野へ」

このような標語が国中にあふれておりました。国の政策でしたから、平岡村にも人数の割り当てがあったのです。

まだ幼《おさな》げな顔立ちの六人の少年たちが、学生服を一人前《いちにんまえ》の国民服に着替え、細い足にゲートルを巻き、戦闘帽《せんとうぼう》をかぶって体育館の壇上に並びました。右腕を真横に曲げて敬礼し

「お国のために、身命《しんめい》を賭《と》して励《はげ》んで働いて参《まい》ります」

と、教えられたとおりに大きな声であいさつをしました。

村長さんや村役《むらやく》の人たち、白いかっぽう着にたすきを掛けた国防《こくぼう》婦人会や、法被《はっぴ》姿《すがた》の消防団《しょうぼうだん》の人たち、そして軍人さんも参列していました。

校庭には、見送りに来た村の人たちが待っています。六人は校舎を出て校門まで来ると、ぴっ！と、忠霊塔と奉安殿の方角に向き直り、深々と敬礼をして学校を後《あと》にし

たのでした。

勝ってくるぞと勇《いさ》ましく　誓《ちか》って故郷《くに》をでたからは
手柄《てがら》たてずに死なりょうか
進軍《しんぐん》ラッパ聞くたびに　瞼《まぶた》に浮《う》かぶ　旗の波　……

〈露営の歌〉

村中《むらじゅう》の人たちが総出《そうで》で、日の丸の小旗《こばた》を振り、声をあわせて歌いました。行列をつくって四ケ郷《しかごう》の駅（二〇〇二年まで長野電鉄木島線にあった駅）まで歩きながら、「万歳《ばんざい》　万歳」と大きな声で見送ったのでした。

疎開《そかい》のピアノ

絢子もやっと、平岡の生活に慣れてきたある日、
「金森先生、お休みの日に、私の家へピアノを弾《ひ》きにいらっしゃいませんか」
先生になったばかりの絢子のことを、いつも心にかけてくれる小島《こじま》先生が、ふいに声をかけてきたのです。

「えっ　ピアノですか？」

絢子はびっくりして思わず聞き返しました。

絢子が初めて先生になって、何よりうれしかったのは、学校にピアノがあったことでした。田舎の学校だというのに、黒光《くろびか》りした立派《りっぱ》なグランドピアノです。篤志家《とくしか》から寄贈《きぞう》されたというそのピアノといっしょにいられるだけでも幸せを感じていた絢子にとって、自宅にピアノがあるなんて、夢《ゆめ》のようなことだったのです。

小島先生のお宅の応接間に置かれた黒い縦型《たてがた》ピアノは堂々《どうどう》として、まぶしくさえありました。

「弟の友達のおうちのピアノなの。大切にしていて、もしも空襲があったらたいへんだから、ここに疎開してきているの」

慈《いつく》しむように小島先生は言いました。

弟さんは、東京の学校で勉強していることは聞いていました。

「遠いところからピアノまで疎開してくるなんて、東京はそんなにあぶなくなっているのかしら？」

絢子はドキリとしました。

そっとピアノのふたを開けて、大好きな「野菊」の伴奏を弾いてみました。学校のグランドピアノよりずっと軽やかで、やさしく、明るい響きがしました。

低学年担任の小島先生は、今教えている「春の小川」を弾きました。

こうしてピアノとともにすごした平和で楽しい昼下がりのひとときを、絢子はいつまでも忘れることはありませんでした。

「この曲を弾きたいけれど、難しくてね。金森先生、弾けるかしら……。先生にずっと差し上げようと思っていたの」

帰り際《ぎわ》に、小島先生は、二枚で一ピースになった楽譜を絢子にくださったのです。オレンジ色の鮮《あざ》やかな表紙に雄鶏《おんどり》の絵が印刷された美しい楽譜《がくふ》です。この楽譜も、疎開のピアノの持ち主が、小島先生に贈ってくださったというのです。

真ん中の光を放《はな》つ太陽の絵の中に「ノクターン　F. CHOPIN OP. 9 NO. 2」と印刷されていました。

《昭和十九年　四月二十八日
金森先生ニ贈ル　　小島操》

楽譜裏面には端正《たんせい》な文字で小島先生のサインがしてありました。

「大切な楽譜を本当にありがとうございます」

絢子は申し訳ない気持ちでいっぱいになりました。

「ノクターン、どんな曲なのだろう？　どんな学生さんが、この楽譜を持っていたのだろう？　いつかきっと弾けるようになろう」

絢子は心に誓い、うれしさに胸をふくらませて、小島先生の家を後にしたのでした。

りんごの花が畑一面、真っ白に咲《さ》いていました。

勤労奉仕《きんろうほうし》

菜の花が、黄金色のじゅうたんを敷きつめていました。

鉛筆を農具に持ち替えて、勤労奉仕が始まります。

「食糧増産」のかけ声のもと、国の政策で、多くの授業が農作業に替えられました。

絢子は先に立って、慣れない農具を持ちました。

子どもたちが毎日学校へ通う道の端《はた》に、大豆《だいず》やヒマをつくるのです。草を刈《か》りとり、硬《かた》い砂利道《じゃりみち》をつるはしで掘《ほ》り起《お》こしてから、鍬《くわ》で耕《たがや》さなければなりません。

　やわらかい子どもの手は、擂《す》れてヒリヒリ痛みます。血がにじんでもじっと我慢して、ひと粒ひと粒を大切に、大豆を蒔《ま》いていきました。

「やせ地にそんなことしたって、豆はできっこないよ……」

　村のお百姓さんは、子どもたちの働いている横をつぶやいて通って行きました。たしかに、肥料《ひりょう》も充分《じゅうぶん》な水もありません。それでも収穫を楽しみに、みんなで汗をしたたらせて働きました。

校庭や学校の空《あ》き地も耕して畑にしました。絢子のクラスの割り当ては、校庭の防《ぼう》火用水池《かようすいいけ》の横です。ムシロで囲って土を盛《も》り、さつまいもの畑をつくることでした。何もかも、物がなくなっていく時代でした。

手に豆をつくって桑棒《くわぼう》の皮剥《む》き、草の茂《しげ》みに入って、虫に刺《さ》されながらのアカソ採《と》り、紙や布をつくる繊維《せんい》の原料を供出《きょうしゅつ》するのです。

年端《としは》もゆかぬ子どもたちには過酷《かこく》な労働でした。けれども、不平ひとつこぼさず、「お国のために」、健気《けなげ》にひとつひとつをこなしていきました。

真っ青な空から、チョウゲンボウがじっと、子どもたちを見守っていました。

ホップ摘《つ》み

汗ばむ季節がやってきました。絢子はズボンからスカートに衣《ころも》がえをしました。師範生の時にはいていた、たった一着の紺色の車ひだのスカートです。

次の日、学校へ行くと約束をしたわけでもないのに、五十五人の女の子たちがみんなスカートをはいていたのです。子どもたちは、ちりめん先生が大好きでした。

学校のまわりには、一面に広がるホップの畑がありました。

夏は炎天下《えんてんか》でホップ摘みです。勤労奉仕の時の絢子は、三角巾でほおかむりをしてズボン姿です。見上げるほどに高いホップ棚《だな》から切り落とされた蔓《つる》には、数珠《じゅず》なりのホップの毬花《まりばな》がいっぱい。浅緑《あさみどり》色した松かさに似《に》た毬花を、ひとつひとつ摘み取ります。カサカサやさしい音がしました。

いつしか、子どもたちの声がとぎれ、摘む手が動かなくなりました。いつもおなかがすいているうえに、のどがかわき、疲《つか》れてきたのです。

「お休みしようね」

絢子は周りに座《すわ》る子どもたちを抱《いだ》くような気持ちで、本を読んで聞かせました。たとえ戦争中であっても、子どもたちに文学の香《か》を伝えたいと、いつも思っていました。

「まわりがどんなふうになろうとも、きみたち！　本を読みなさい」

恩師《おんし》の臼井《うすい》先生の教えを心に刻《きざ》んでいたからです。

子どもたちに読む本を選ぶのも、絢子のひそかなよろこびでした。

安寿《あんじゅ》　恋しや　ほうやれほう　厨子王《ずしおう》　恋しや　ほうやれほう
鳥も生あるものなれば　疾《と》う疾《と》う逃げよ　追わずとも
〈森鷗外《もりおうがい》　山椒大夫《さんしょうだゆう》〉

……二階の窓まで高く這い上がった、葡萄《ぶどう》の蔓《つる》から一房の西洋葡萄をもぎとって、先生は、しくしく泣き続ける僕の膝《ひざ》の上に置きました。……
〈有島武郎《ありしまたけお》　一房の葡萄〉

ある日のことでございます。お釈迦様《しゃかさま》は極楽《ごくらく》の蓮池《はすいけ》のふちを、独りでぶらぶら御歩きになっていらっしゃいました。池の中に咲いている蓮《はす》の花は玉のようにまっ白で……
〈芥川龍之介《あくたがわりゅうのすけ》　蜘蛛《くも》の糸〉

聞きいる子どもの頬《ほお》を伝って、汗と涙が光っていました。
和子《かずこ》ちゃんは、うつうつとねむってしまいました。
つづきを楽しみにしている子どもたちに、絢子は教室でも、よく本を読んで聞かせました。

「元気をだして！　もうひと働き」

大かごいっぱいに摘み取った毬花はトラックに積まれ、見送る子どもたちに、すがしい香《かお》りを残して運ばれていきました。

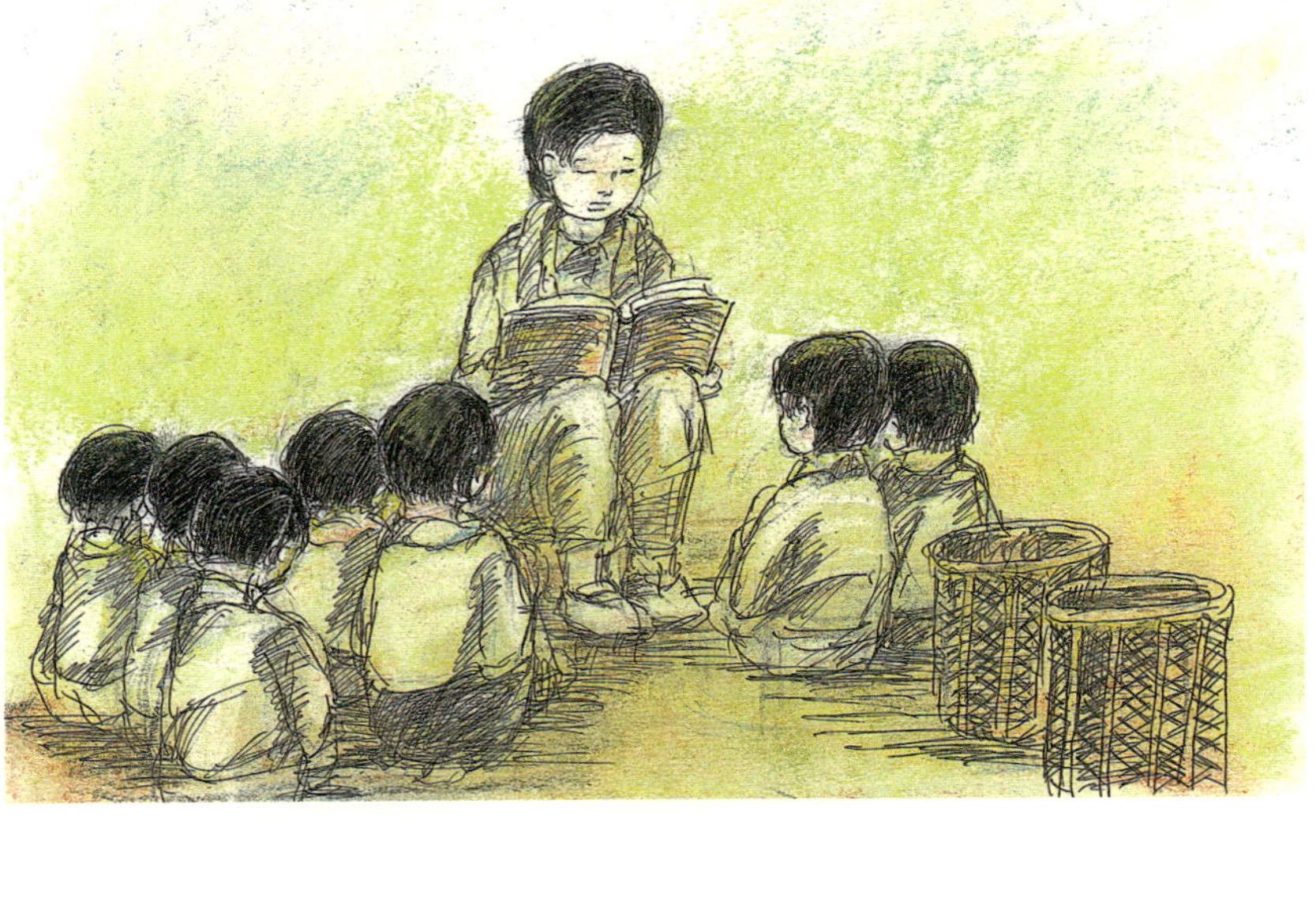

同級生

新任教師にとって、なによりの楽しみは、旧知《きゅうち》の友との語らいです。師範《しはん》学校の同級生の仲良し三人が、偶然《ぐうぜん》にも下高井郡の国民学校に赴任《ふにん》していたのです。湯田中《ゆだなか》温泉にある平穏《ひらお》村の国民学校（現在の山ノ内東小学校）に山口ケサイさん、穂波《ほなみ》村の国民学校（現在の山ノ内南小学校）に太田ちずいさん、そして平岡国民学校に絢子です。週末になると往き来しては一週間分のおしゃべりです。新米《しんまい》先生どうしで、教え子のことや学校のことを相談したり、師範学校五年間の寮《りょう》生活の思い出や、同級生は今ごろどうしているだろうかと、夜通《よどお》し時間を忘れて語り合うのでした。

絢子は、平岡村で水道のない水屋《みずや》（水を溜《た》めてろ過し、共同の生活用水として利用するための小屋）の生活でしたから、洗濯《せんたく》や入浴《にゅうよく》をして温泉にひたり、心身を癒《いや》すことができました。

山口さんは、平穏村に東京から大勢《おおぜい》の集団疎開児童が来ていて、村中の旅館《りょかん》に泊《と》まっていること、太田さんは、穂波村に疎開してきた児童に音楽を教えていること、絢子は、自分の学級にも親戚《しんせき》に身を寄せる縁故《えんこ》疎開の子どもがいることなどを話し合いました。

旅館では児童の食糧調達に苦労して、日々農家へ買い出しに行っているとのことでした。「親元をはなれ、おなかをすかせ、さぞつらいことだろうね」と、三人は話すたびに涙ぐむのでした。折しもラジオから集団疎開のうたが流れてきました。

〈父母のこえ〉

太郎は父のふるさとへ　花子は母のふるさとへ

里で聞いたは何の声……

遠くはなれた父の声……遠くはなれた母の声

……

空のはるかで父母の声

楽しみにしている毎月なかばの給料日《きゅうりょうび》。心待ちにしている本屋さんがやって来ます。職員室の大机《おおづくえ》に並べられた本を、絢子はわくわくして手にとります。買った本を同僚《どうりょう》の先生と交換《こうかん》して読み合うのも楽しみのひとつでした。

毎月の給料は三十八円。その中から五円の家賃を払い、十円を松本の実家《じっか》へ仕送《しおく》りすることにしていました。

男の先生は四十円。

「同じ先生なのにどうして違っているのかしら?」

と、絢子は給料日のたびに思うのでした。

焚《た》き木《ぎ》運び

北信濃に秋がやってきました。真っ赤なりんごが実っています。道端には白やうす紫の野菊が咲いています。錦織《にしきお》りのもみじに染まった高社山《たかやしろ》。初雪《はつゆき》がやって来る前に冬支度《ふゆじたく》です。やがて到来《とうらい》する長い長い冬に備《そな》えなければなりません。

絢子は子どもたちと、村の竹原製材所《せいざいしょ》へ、ストーブの焚き木をもらいに行きました。木切れを背負い、長い木材《もくざい》は引きずりながら運びました。春、勤労奉仕で耕した道です。蟻《あり》の行列のように、学校まで何度も何度も往《ゆ》き来《き》して運びました。

それなのに、みんなが心待ちにしていた、春に蒔いた大豆は一粒も実りませんでした。校庭の畑から、細いさつまいもが少し採れただけ。勤労奉仕の、さびしい収穫《しゅうかく》の秋でした。

柿の木の梢に赤い実がひとつ残っていました。

戦局の悪化と不安な日々

金歯《きんば》とお餅《もち》

昭和二十年元旦《がんたん》、年初めの国の行事《ぎょうじ》である四方拝《しほうはい》の式をすませると、絢子《あやこ》は、家族が待つ松本《まつもと》に帰りました。先生になって初めてのお正月休みです。

けれど帰った家には、出征《しゅっせい》した健男《たけお》兄さんも弟の方志《まさぶみ》もいません。父と母、女学校へ通う妹の瑤子《ようこ》と小学生の弟だけです。家族大勢で狭《せま》かった家の中は、ぽっかり穴が空《あ》いたようでした。

近所のどの家も、若い働き盛りの男という男は戦地へ行き、年寄りと女子《おんな》どもだけの家ばかりでした。

瑤子たち女学生は、勤労動員で松本の縫製《ほうせい》工場で働いていましたから、お正月休みでも、兵隊さんの服を十着も家へ持ってきて、傷《いた》んだ軍服《ぐんぷく》やゲートルの直しやボタン付け、襟《えり》の勲章《くんしょう》の修理《しゅうり》をさせられました。絢子もいっしょに針を持ち、知らない兵隊さんの服を直しました。

台所から、香ばしいお餅を焼くにおいがしてきました。懐《なつ》かしさがこみあげてきました。まさか今年のお正月にお餅を食べられるなんて、ふだん、お米さえ充分食べられなくなっているというのに、みんな大喜びです。

「ああ、いいにおい！」

それは絢子の母が金歯を売ってお金に換え、知り合いの農家で手に入れたお餅でした。たけのこの皮を剥《は》ぐように、食べ物と交換してきた母の着物は、絢子に与えた黒ちりめんの紋付《もんつき》を最後に、一枚もなくなってしまったからです。金歯まで食べ物に換えなければならなくなってしまいました。話すたびに金歯が光っていた母の顔、笑うとにぎやかだった母の顔が急に老《ふ》けこんで、小さくなってしまったように思えました。

お正月には、なんとしても子どもたちに、餅を食べさせたかった母の気持ちを思うと、絢子は不憫《ふびん》でなりませんでした。

お米に換えられたのは母の着物と金歯だけではありません。

「絢子!!　もうあのメリンス(うす手の毛織《ウール地》の布)の着物を着るって言うんじゃないよ」

上州生まれの気丈な母がつらさをこらえて言いました。

オレンジ色に黄菊紋様《もよう》の羽織《はおり》とお揃《そろ》いのきれいな着物のことです。絢子はいつもその中振袖《ちゅうふりそで》を着て晴れやかにお正月を迎えるのが楽しみでした。けれど女の子の着物がほしいという農家で、一俵《いっぴょう》のお米と交換されてしまったのです。こうして家族九人の命がつながれてきたのでした。

戦争がなかったら、おなかいっぱいお餅を食べ、兄さんたちといっしょにカルタをして、お正月をすごすことができるのに、おしゃれな母も好きな着物を着られるのに、もうあの菊紋様の着物を着ることができないのだ……と、絢子は悔しいけれどあきらめるしかありませんでした。

初めての三学期

正月を終えると、絢子は平岡へ戻《もど》らなければなりません。後《うし》ろ髪《がみ》をひかれる思いで、松本駅から汽車《きしゃ》に乗りました。長い冠着《かむりき》トンネルに入ると機関車《きかんしゃ》の煙《けむり》で、いつも息が苦しくなります。そして鼻の穴は煤《すす》で真っ黒になりました。トンネルを抜けると、こんもり雪をかぶったりんご畑が広がっています。

長野で木島線《きじま》に乗《の》り換《か》えると、平岡はもうすぐです。五十五人の子どもたちの顔が代《か》わる代《が》わる浮《う》かんできました。絢子は、子どもたちを勤労奉仕《きんろうほうし》で勉強が遅《おく》れたまま、六年生に進級させることが気がかりでなりません。北信濃は、もうすっぽりと雪につつまれておりました。

雪景色《ゆきげしき》をながめながら、新任教師になって初めての三学期を迎《むか》える心の準備をするのでした。

勤労奉仕のない三学期がやってきました。

秋にみんなで運んだ焚《た》き木《ぎ》が、ストーブに赤々と燃《も》えています。焚き木のはぜる音と炎《ほのお》のにおいが教室中に広がって、ゆっくりと時間が流れていました。絢子は、勉強の遅れを何とか取り戻そうと、せいいっぱい授業をしました。

それでも休み時間には、雪だるまをつくって夢中《むちゅう》で遊び、本の続きを読んで聞かせたり、歌を歌ったり、それは楽しいひとときでした。裁縫《さいほう》の時間には、家から持ち寄った着物地《きものじ》を黒く染《そ》めて、体操《たいそう》に履《は》くブルマーを初めてミシンを使って縫《ぬ》いました。掃除《そうじ》のときは、教室や廊下《ろうか》に雪をまき散《ち》らして、ほうきで掃《は》きました。ぞうきんをつくる布がないからです。

つかの間のおだやかなひとときに、本当はこんな学校の生活をしたいのにと、絢子は、しみじみと思うのでした。

十二月八日からガダルカナル撤退《てったい》へ

絢子と子どもたちの学校生活をよそに、日本は敗戦に向かっていました。出口の見えない戦争は泥沼《どろぬま》にはまったように、月日はすぎ、犠牲者《ぎせいしゃ》が増《ふ》えていくばかりでした。
それでも、大本営《だいほんえい》発表は、国民に本当のことは言わず、日本軍の優勢《ゆうせい》を伝え、国の指導者たちは「国民精神総動員《せいしんそうどういん》」体制《たいせい》で「一億玉砕《ぎょくさい》!」、最後《さいご》の一人《ひとり》まで命をかけて戦うように呼びかけておりました。
知らされない多くの国民は、いつか神風《かみかぜ》のようなことが起きて日本はきっと勝つと信じていましたから
「贅沢《ぜいたく》は敵《てき》」

「欲しがりませんで勝つまでは！」

と、みんなみんな、そのときまで、一生懸命《いっしょうけんめい》に我慢《がまん》してがんばっていたのです。

しかし絢子は、師範《しはん》学校でのふたつの出来事を決して忘れたことはありませんでした。

昭和十六年十二月八日、三年生の時でした。早朝、大至急《だいしきゅう》講堂に集まるように、寄宿舎に緊急放送《きんきゅうほうそう》が流れました。重大ニュースがあるというのです。何事だろうと皆、整列をし緊張した面持《おもも》ちでその時を待ちました。甲高《かんだか》いチャイムの音に続いて流れたのは

「大本営陸海軍部《だいほんえいりくかいぐんぶ》発表。帝国陸海軍は、本八日未明《みめい》、西太平洋上に於《お》いて、アメリカ、イギリス軍と戦闘状態に入れり」

ハワイ真珠湾攻撃《しんじゅわんこうげき》の宣戦布告臨時《せんせんふこくりんじ》ニュースです。

「大変な戦争が始まってしまった！」

「アメリカと戦争をして、勝てるのだろうか？」

絢子の身体《からだ》は固まって、わけもなく不安が襲《おそ》ってきました。いささか震《ふる》えを止めることができませんでした。聞き終わると皆、無言のまま、朝の寄宿舎へ戻っていった

のでした。

そして、昭和十八年二月、四年生の三学期のことでした。絢子がもっとも敬愛《けいあい》していた歴史の辻村《つじむら》先生が、恐い形相《ぎょうそう》で教室に入ってきたのです。

「日本がガダルカナル島《とう》を撤退した」

というのです。

咄嗟《とっさ》に、何を意味することなのか、その時の絢子には分かりませんでした。けれど、「ガダルカナル島」の「餓島《がとう》」と重なる異様なひびきに、胸の奥深く潜《ひそ》んでいたあの重暗い開戦の記憶が、にわかに膨《ふく》らみはじめたのです。抱《いだ》いてきた不安が現実になってい

るのを直感した瞬間でした。

時局《じきょく》の話を聞かせてほしいと懇願《こんがん》する生徒たちに、辻村先生はひそかに語りました。

「大きな声では言えないが、形勢《けいせい》がよいと言っていても、そんなことは決してない」

「敗《ま》ける」という言葉は使えなかったのです。口にしてはならなかったのです。

その時から半年余りほど経ったある日、クラス担任の中島先生が、急に東京の学校へ転任することになったのです。うわさでは「日本は敗けるかもしれない」と、洩《も》らしたからだとも聞きましたが、先生は何も話されずにお別れしていきました。あとわずかの月日を残して、受け持った生徒を卒業させることなく、さぞ無念であったことでしょう。諦《あきら》めきれないつらい別れの日、まだ若い中島先生を松本駅で見送ったのは、昭和十八年秋の初めのことでした。

松本女子師範学校と松本五十連隊

絢子は、戦況とともに急変していった五年間の学生生活に思いをめぐらさずにはいられませんでした。

松本女子師範学校は、松本五十連隊（現在の信州大学病院の場所）と道を隔てて向かい側にありました。「歩《ほ》兵《へい》第五十聯隊《れんたい》」と記された煉瓦《れんが》の正門や、入口で監視している歩哨《ほしょう》兵の姿は、学校の塀《へい》越しに日々見慣れた情景でした。また全寮制でしたから、連隊の起床ラッパから就寝ラッパまで、耳にしながら寮生活を送っていました。いつの頃からか、師範学校のことを「五十一連隊」と冗談を言っていたものです。

絢子が入学した昭和十四年のころは、兵隊が出征するたびに師範生全員が、連隊の正面の道に並び、日の丸の旗を振って見送っておりました。

軍馬に跨《またが》った将校が先頭に正門から出てきます。後に続く兵隊たちは四列縦隊《よれつじゅうたい》で、右脇に剣を、左脇に白布で巻いて保護した銃と大きな丸い水筒を掛け、準備のととのった背嚢《はいのう》を背負った出立《いでた》ちで行進してきます。

「ドミソミソ　ドミソミソミード

ドミソミソドミ　ソソミソドー」

正門を出ると、威勢《いせい》のよいラッパが鳴り響きます。こうして、松本の連隊を後にした出征兵士たちは、沿道に並んだ街じゅうの人々に見送られて、松本駅へ向かうのでした。

しかし、昭和十六年の太平洋戦争の開戦から後、戦局が悪化するにしたがって、体格も以前のように勇ましくがっちりとした兵隊ではなくなっていきました。武器が不足して、剣を持つこともなく、竹で作った水筒をさげていました。背嚢の代わりにカーキ色した風呂敷包みのようなものを、背中にたすき掛けした姿になってしまいました。

　昭和十八年の終わりから昭和十九年の初め、五年生の卒業のころには、夜陰《やいん》に隠れるようにして三々五々《さんさんごご》出征していくようになったのです。

「ああ、また兵隊さんが行くね」

「ザザッ　ザッ　ザッ…」不揃いな軍靴の音を、師範の生徒たちは寄宿舎の寝床で聞きました。

　また、絢子の家からは、東京へ向かう汽車が見えます。出征兵士を乗せた夜汽車は、窓の鎧戸《よろいど》を下ろし、まるで黒い大蛇《だいじゃ》がうねっていくかのように走っていきました。汽笛も鳴らさず、「シュッ　シュッ　シュッ…」という蒸気の音が聞こえるだけです。

　機関車の釜に石炭を投じる時の炎が「パパッ　パッ　パッ…」と、遠い暗闇に不気《ぶき》味《み》に光っていました。

　このようにして出征していった兵隊たちは、いったいどれだけ帰ってくることができたのでしょう。こんどは戦死した兵隊の遺骨を迎えに、沿道に並ぶことが多くなりました。松本駅から五十連隊へ遺骨箱が帰っていくのです。戦友たちが白い布に包まれた遺骨箱を首から掛け、白手袋をはめて胸に抱いていました。銃口《じゅうこう》を下に向けて、膝《ひざ》を曲げずに静かに行進してきました。出征する時の膝を高く上げた威勢よい行進とは対照的でした。遺骨箱の中には遺骨とは名ばかりで、石や紙片が入っているだけでしたが、絢子たちは目迎目送《もくげいもくそう》をして戦死した兵隊さんの冥福を祈りました。

留学生、鄭《てい》さんとの別れ

寮生活の食糧事情も一変しました。恒例《こうれい》だった新年度と月に一度のお誕生会にふるまわれた御赤飯《おせきはん》はもう食べられなくなりました。肉や魚も食卓から姿を消していきました。

「摘《つ》み草」と称して、皆でナズナやもち草、セリ、スベリヒュ（雑草の一種）など食べられる草は採って食事に供し、カボチャの種や葉柄《ようへい》まで寮生の献立の材料になりました。

毎日楽しみにしていたおやつがなくなってしまったことは本当にさびしいことでした。入学したころには毎週、折に入ったお饅頭《まんじゅう》やどら焼き、かりんとうやお煎餅が配られていましたが、それも遠い幻《まぼろし》となってしまったのです。

「贅沢《ぜいたく》は敵」のかけ声の陰で、国も国民も疲弊《ひへい》し、いつ終わるとも分からぬ戦争が続いていきました。

四年生の夏のことでした。寮の部屋で共に過ごした留学生の鄭《てい》さんが、夏休みに中国へ帰ることになったのです。

「中国の家族に、仲良しの金森さんの写真を見せたい」

鄭さんの願いで、お互いに写真を交換し合いました。

出立《しゅったつ》の日、絢子は、一緒に鄭さんの荷物を持ち、松本の駅まで見送りに行きました。

「気をつけて行ってらっしゃい！　ご両親によろしくね」

鄭さんの姿を見る最後になるとも知らずに、しばしのお別れのつもりで絢子は手を振って見送ったのです。

けれど、夏休みが過ぎても、鄭さんは戻っては来ませんでした。もうひとりの中国の留学生、龍《りゅう》さんも、モンゴルのパダマ・チチカさんも日本を去っていったのです。家族が引き留めたのか、国の教育機関の指示があったのか、日本の内地にいるより正しく戦況を見極《みきわ》めていたのかもしれません。

写真は、早春のころ、雪の常念岳《じょうねんだけ》を背に、共に撮影したものでした。制服姿で丸い眼鏡《めがね》をかけ、オーバーコートを手に、優しいまなざしで微笑《ほほえ》む鄭さん。写真の裏に「鄭蕙滋」のサインを残して行ってしまったのです。実家が、広い中国のどこにあるのかも鄭さんは何も語らないままでした。

慰問《いもん》の音楽会

変わりゆく戦況に翻弄《ほんろう》された師範学校の五年間でしたが、先生方も生徒たちも、授業や行事に変わることなく取り組んでおりました。

とりわけ秋には、たくさんの行事がありました。雨天決行《うてんけっこう》で、学校から歩いて二泊の美ヶ原《うつくしがはら》遠足。奈良井川《ならいがわ》を渡り、豊科《とよしな》女学校（現在の豊科高校）まで往復する徒歩《とほ》行軍《こうぐん》。それは教師になったとき、どんな状況にも対応して教え子を守り指導できる体力と精神力を養うためでした。そして、春の小運動会に続いて秋の大運動会では、「信濃《しなの》の国《くに》」のダンス遊戯に最も力を入れていました。卒業して新しく赴任する学校で、「信濃の国」の遊戯を教え、長野県中に広める使命《しめい》が師範生に託されていたのです。

行事の中で最も楽しみだったのは、毎年十一月初めに行われる音楽会でした。クラスごとに一生懸命練習した女声三部合唱を披露《ひろう》発表する機会です。同時に、隣の松本五十連隊にある衛戍《えいじゅ》病院の慰問を兼ねた音楽会でもありました。戦争で傷つき入院している傷病兵《しょうびょうへい》の中には、歌や音楽の好きな兵隊がいましたから、毎年八人くらいが聴きにやって来ました。みな頭を坊主刈《ぼうずが》りにして、白い筒袖《つつそで》の着物の左胸には赤い赤十字の印が付いていました。

足を引きずりながらやっと歩いてきた兵隊さん、頭に包帯《ほうたい》をしたり白い三角巾で腕を肩から吊《つ》った姿の兵隊さんたちが、講堂の最前列でステージの見える真正面に案内されました。

人が集まる行事のはじめは必ず皇居遥拝《こうきょようはい》、「君が代」と「海行かば」を歌うことになっていました。音楽会が始まると、全校で「荒城の月」の大合唱です。「荒城の月」は師範学校の第二の校歌のように皆でよく歌いました。講堂には、特別な時だけ弾くことを許されたドイツ製の大きなグランドピアノがありました。音楽会は、その威厳《いげん》あるピアノの伴奏で歌うことができる、特別な機会だったのです。

五年間の在校中、絢子のクラスは「庭の千草」（アイルランド民謡）や「紫式部《むらさきしきぶ》」を歌いました（スコットランド民謡「アニーローリー」のこと。戦時中は外国語で歌うことが禁じられたため、日本的な「紫式部」という題名の歌詞に換えられていました）。

三年生の時の慰問音楽会には、十名の旧制《きゅうせい》松本高等学校の合唱団の学生も参加して「ヴォルガの舟歌」を歌いました。初めて経験した混声合唱の重厚な響きに、皆感動の渦につつまれ、忘れられない音楽会になりました。

しかし、戦局が悪化してきた最後の五年生の音楽会には、「日の丸行進曲」の軍歌を合唱するようになっていったのです。

松代大本営《まつしろだいほんえい》と十三崖《じゅうさんがけ》

そして昭和十九年十一月十一日、絢子が新任教師となった年の晩秋、はたして、本土決戦最後の砦《とりで》をつくる大本営の巨大《きょだい》工事が、信州の松代で始まったのです。

皇居や重要な政府機関、放送局や電話局を、危険な東京から疎開《そかい》させ、遷《せん》都《と》する一大計画でした。その松代大本営を守るための、武器《ぶき》や弾薬《だんやく》を貯蔵《ちょぞう》する地下壕《ちかごう》を、松代に近い、中野村（現在の中野市）の十三崖につくることになったのです。

　十三崖は、平岡国民学校に近く、千曲川支流の夜間瀬川《よませがわ》に沿って、ほぼ二キロメートルにわたり連《つら》なる河岸段《かがんだん》丘《きゅう》です。褐色《かっしょく》の土肌《つちはだ》も露《あらわ》に、屏風《びょうぶ》のように立ちはだかる不思議な景観《けいかん》の十三崖。崖の壁面《へきめん》には、チョウゲンボウが集団で営巣《えいそう》し、大空を飛《と》び交《か》っています。

翌年の昭和二十年三月、平岡国民学校が十三崖地下壕工事の拠点《きょてん》となりました。突如《とつじょ》、応接室《おうせつしつ》に陸軍の作業本部《さぎょうほんぶ》が置かれ、校舎の半分が兵隊たちの宿舎《しゅくしゃ》になったのです。

部隊名も目的も人数も、教職員にはなにも知らされることなく、すべてが秘密裏《ひみつり》に行われ、学校も軍の命令に従っていきました。何が起きているのかわからぬままに、先生も生徒も、ただ緊張した空気が漂《ただよ》う中、いつものように学校生活を送っていました。

再会

ある夕暮れのことでした。学校の裏門から続く一筋《ひとすじ》の道を、絢子は一日の勤めを終えて帰っていくと、だれか道にうずくまっているではありませんか。

いぶかりながらそばへ行ってみると、目を疑《うたが》いました。兵隊さんが川の水で洗濯《せんたく》をしているのです。寒い中、それも日暮れ時に。

絢子の気配に、その兵隊さんは顔をあげました。

「まあ！　小川《おがわ》先生じゃないですか！」

そこにいたのは二年前の教育実習《じっしゅう》でお世話になった浦里《うらさと》国民学校（現在の上田市立浦里小学校）の小川先生だったのです。二週間にわたった浦里国民学校での地方実習は、教育の現場を学ぶことでした。

「教育は愛《あい》が基本だよ。すべてはそこから始まるのさ」

ペスタロッチ（十九世紀前半のスイスの教育実践家）を敬愛《けいあい》する指導教官である小川先生の闊達《かったつ》なご指導に、絢子は、いっそう教師への決意を熱《あつ》くしたものでした。

「家へ持っていって、私がしますから」

差し出す絢子の手を振《ふ》りはらい

「早く、家へ帰ってください。早く！」

と、先生は追い返すように言い放《はな》ちました。

「お身体《からだ》に障《さわ》りますから……」

絢子の言葉を遮《さえぎ》って
「何も聞かんでくれ！」

荒い口調《くちょう》の一言を残し、小川先生は、逃げるように暗闇《くらやみ》に消えていきました。

絢子は胸がはりさけそうになり、無我夢中《むがむちゅう》で下宿《げしゅく》へ走りました。ただただ涙があふれ、布団《ふとん》に顔を埋《うず》めて泣きました。

小川先生は、なんらかの使命《しめい》をもって平岡の十三崖に来ていたのです。絢子は、軍隊の中の、見てはならない暗部《あんぶ》を垣間《かいま》見てしまったような、重苦《おもくる》しい気持ちをいつまでも拭《ぬぐ》うことができませんでした。偶然《ぐうぜん》にしては残酷《ざんこく》な恩師との再会に、立派《りっぱ》な教育者さえも、兵隊にとられてしまう戦争の非情《ひじょう》を恨《うら》まずにはいられませんでした。

十《じゅう》 三崖地下壕《さんがけちかごう》

昭和二十年三月十日、東京大空襲《とうきょうだいくうしゅう》のその日、十三崖地下壕の掘削《くっさく》工事が始まりました。

　金沢師団《かなざわしだん》一一五〇人の将《しょう》兵《へい》と、下高井郡《しもたかいぐん》内の延《の》べ一万七〇九人が動員されました。大工《だいく》、石工《いしく》、鍛冶屋《かじや》、学生、一般労働者ら、あらゆる人びとが工事に駆《か》りだされました。その半数近くは、中野農商学校（後の中野実業高等学校、現在の中野立志館《りっしかん》高等学校）の生徒たちでした。

　折しも、まれにみる、豪《ごう》雪《せつ》の年でありました。雪と厳寒《げんかん》の中、すべて手掘《てぼ》り作

業で、昼夜《ちゅうや》三交代の突貫《とっかん》工事が強行《きょうこう》されました。

それは、来《きた》るべき松代大本営を守るために、延長二キロメートルの地下砲弾庫《ほうだんこ》を期間内につくらなければならない至上命令《しじょうめいれい》があったからです。

三月三十日、わずか二十日間で、総延長一八四五・五三メートル、碁盤《ごばん》の目のように張りめぐらされた十三崖地下壕は完成したのでした。

四月一日、ついにアメリカ軍が沖縄《おきなわ》に上陸。いよいよ日本で地上戦が始まりました。アメリカ軍の本土上陸が迫《せま》ってきたのです。

完成した十三崖地下壕に、人知れず大砲《たいほう》や爆弾《ばくだん》や機関銃《きかんじゅう》などが運ばれていきました。

また学校の体育館には、軍用機の工場まで疎開してきました。

硫黄島《いおうとう》玉砕《ぎょくさい》

十三崖地下工事のまっただ中の三月二十二日、卒業式も間近なその日、「硫黄島《いおうとう》玉《ぎょく》砕《さい》」のニュースが飛び込んできたのです。緊急《きんきゅう》に先生も生徒も体育館に集まり、黙祷《もくとう》の式《しき》が行われました。

「玉砕とは、お国のために尊《とうと》い命を捧《ささ》げ、一人残らず亡《な》くなられたということです。みなさんのお父さん、ご親戚《しんせき》の方もいらっしゃるかもしれません。みなさんも身体を鍛《きた》え、英霊《えいれい》の後に続いてください」と、校長先生がお話しされました。

こうして、いくたび黙祷を捧げてきたのでしょう。けれど絢子にとって、硫黄島玉砕は他人事《ひとごと》ではありませんでした。清美義兄《きよみにい》さんが、出征《しゅっせい》している島です。玉砕なんて信じることができません。

「なにかのまちがいかもしれない！」

「きっとひとりでも生きている！」

必死で自身に言い聞かせました。そして、幼子《おさなご》をかかえ、夫の無事を祈り続けている秀子《ひでこ》姉さんのことが気がかりでなりませんでした。

耐え忍ぶ日々、そして敗戦

学童疎開《がくどうそかい》の子どもたち

海行かば　水漬《みづ》く屍《かばね》
山行かば　草生《くさむ》す屍
大君《おおきみ》の　辺《へ》にこそ死なめ　かえりみはせじ

〈海行かば〉

四月一日、この歌とともに新年度が始まりました。同じ日に、学童疎開の受入れ式も行われました。平岡のお寺にも集団疎開が始まったのです。

昭和十九年の夏から、平《ひら》穏《お》村（現在の山ノ内町《やまのうちまち》）湯《ゆ》

田中《だなか》温泉の旅館に分宿《ぶんしゅく》していた約五千人の疎開児童たちが、今までやっと住み慣れた所から、また新しい疎開先へ移らなければならなくなったのです。

それは、空襲が繰り返されてきた東京で、三月十日、大空襲《だいくうしゅう》があり、軍の病院に収容されていた多くの軍関係の人たちが焼け出され、急遽《きゅうきょ》湯田中へ疎開して来たからです。そのため、しめだされた子どもたちの二次疎開が始まったのでし

た。疎開の子どもたちが、平岡村など同じ郡内のお寺や公会堂に振り分けられることになったのです。

疎開してきた東京の子どもたち(足立区千寿《あだちくせんじゅ》国民学校児童)は、色が白くて少し弱々しく見えました。ときどきお昼休みに学校に来ては、平岡の子どもたちといっしょになって遊びました。

「おおなみ　こなみ」

「じゃんけん　ぽん」

縄跳びやじゃんけんとびをして、このときばかりは〝キャッ！　キャッ！〟と、明るい声が校庭いっぱいにはじけていました。

疎開児童たちはお寺で、いっしょに来ている学校の先生に勉強を教えてもらい、寮母さんに食事の世話をしてもらっていました。けれど勉強より何より、食べて生きていくことで精いっぱいです。育ち盛りなのに、十分な食べものがなく、いつもおなかをすかせていました。お風呂にもめったに入れないので、虱《しらみ》や蚤《のみ》に苦しめられました。さみしい、ひもじい、かゆい日々を送っていたのです。

平岡の学校の子どもたちは、家々から干し柿やあられや煎《い》り豆を持ち寄って、担任の先生がお寺に慰問《いもん》に行くこともたびたびありました。

絢子の下宿《げしゅく》は、七十一名の疎開児童がいる本水寺《ほんすいじ》のすぐ近くでしたから、ときどき出かけて行きました。受け持ちの子どもたちと同じ年頃です。それでも絢子はどうすることもできず、ただただ可哀《かわい》そうでなりませんでした。

鎌と赤紙

入学式から何日か過ぎたある日のことでした。小幡《おばた》先生に赤紙《あかがみ》（召集令状《しょうしゅうれいじょう》のこと）がきたのです。

先生が兵隊に召集《しょうしゅう》されるたびに、学校で出征《しゅっせい》の式が行われました、小幡先生も壇《だん》上《じょう》に立って、お別れのあいさつをし、全校児童や先生方に送られていきました。

若い青年教師が次々と徴兵《ちょうへい》で戦争に駆《か》り出されていくと、学校に先生がいなくなってきます。そのために、地元の青年が、たとえ教師の資格がなくても代用《だいよう》教員となったのです。小幡先生も代用教員として、絢子と同じときに平岡の学校に赴任《ふにん》した先生でしたが、とうとう戦争にいかねばならなくなったのでした。

ところが、それから数日後、出征したはずの小幡先生が、ふいに戻ってきたのです。職員室に現れた小幡先生は、軍の上官に命令されたと、不思議なことを言いました。

「武器がないから、家へ戻って、戦える刃物を持ってこい！」と。

「俺のうちは百姓だで、鎌《かま》しかねえ（ない）……」

小幡先生は吐き捨てるように言いました。

日本の軍隊は、いよいよ兵隊に与える武器までが不足してきたというのでしょうか。

軍事訓練

「本土決戦」が近づくにつれ、国民は犠牲になることをいとわず、徹底抗戦《てっていこうせん》を強《し》いられるようになりました。絢子たちも覚悟して、軍事訓練に励《はげ》みました。

七月の熱い太陽が照りつける日曜日、郡内の女教師たちが、中野の女学校に集められました。爆弾に見立てたみかん箱を背負い、手榴《しゅりゅう》弾《だん》の代わりに石を手に、校庭の端《はし》から一列に並びます。向こうに見える演壇が敵の戦車です。「戦車」に向かって敵の陣地に潜入《せんにゅう》する訓練です。地を這う虫のように腹這《はらば》いの匍匐《ほふく》前進で、校庭の真ん中まで進むと、絢子は、もう脚も腕も動きません。「もう進めない！　休みたい！」と思った途端《とたん》、

「すすめえ！」

在郷《ざいごう》軍人（戦争から帰ってきた軍人）の号令です。

絢子は力をふりしぼって進みました。やっと敵の陣地に着くやいなや、背中のみかん箱の上

に仰向《あおむ》けにひっくり返ります。爆弾で自分もろともに戦車を爆破させるのです。爆破《ばくは》できなかったら、手にした手榴弾で自爆《じばく》することになっていました。

「前、前、後、後、突けぇー!」

「ヤーッ!」

号令にあわせて、鬼畜米英《きちくべいえい》に見立てた藁筒《わらづつ》に竹やりをつき刺す、銃剣《じゅうけん》の訓練もしました。

訓練が終わると、絢子は目が回って疲れと喉のかわきで立ちあがることができません。土まみれ、泥《どろ》まみれになって、気がつくと口の中にもゴム靴にも、砂がいっぱいです。着ていたブラウスは、すれていたるところ破れていました。

くたびれきってやっとの思いで下宿に帰ると、着替えもない絢子は、ほころびにつぎをし、洗濯をして、翌日の教壇に立つのでした。

警戒警報《けいかいけいほう》

平岡の田舎《いなか》にも、警戒警報のサイレンがひんぱんに鳴るようになりました。毎日毎日、日本のどこかで、大勢《おおぜい》の人びとが犠牲《ぎせい》になっていきました。

警戒警報発令《はつれい》　警戒警報発令！

ブウォーン　ブウォーン　ブウォーン　――――――

爆撃機B29の不気味《ぶきみ》な飛来音《ひらいおん》が近づいてきます！

すぐに防空頭巾《ぼうくうずきん》をかぶり、絢子は子どもたちを連れて、学校の東に広がる桑畑に避《ひ》難《なん》しました。いつも肩にかけて肌身離さず、教室ですぐにかぶれるように机の横に掛けてある防空頭巾。子どもたちのお母さんが、綿を入れて頭を守るように縫ってくれた防空頭巾です。

ひとりひとりが両手を広げ、指先が隣の友だちにふれないように散らばって避難します。もし爆弾が落ちた時、いっしょにいたら、みんなが犠牲になってしまうからです。

爆風で鼓膜《こまく》が破れないように親指で耳をふさぎ、目玉が飛び出さないように他の指で目をしっかり覆います。口を開けて、お腹を守ってうずくまります。桑の木の茂みに身をかくして爆撃機《ばくげきき》の編隊《へんたい》が通り過ぎるのを、身じろぎせずに待つのです。

どのくらいの時間が過ぎていったのでしょう。

「せんせえ〜」

「せ・ん・せ・え〜」

心細くて、怖《こわ》さにおののく子どもたちの呼び交わす声が、桑畑じゅうに広がっていきました。

広島・長崎に新型爆弾《しんがたばくだん》投下！

そしてついに、昭和二十年八月六日、世界で初めて、恐ろしい原子爆弾《げんしばくだん》が投下されたのです。三日後の八月九日、長崎にも。二三万人（広島・一四万人、長崎・九万人）を超える人々が一度に殺戮《さつりく》されました。忌《いま》わしい核兵《かくへい》器《き》が初めて戦争に使われたのです。後々までも、放射能で夥《おびただ》しい数の犠牲者が増え続けていく新型兵器でした。初めて人類に試《ため》されたのです。

その後《ご》もアメリカ軍の空襲は、止《や》むことなく、八月十五日の終戦のその日まで、日本のあちこちで情《なさ》け容《よう》赦《しゃ》なく続けられました。

敗戦

八月十五日、敗戦。

その日、絢子は夏休みで、松本に帰っていました。

姉の秀子も、二歳になったばかりの美鈴《みすず》を連れて実家に疎開して来ていました。ジリジリと焼けつくように太陽が照りつけるお盆の日の正午、皆、ラジオの前に座ってその時を待ちました。玉音《ぎょくおん》放送が流れ、長い長い戦争は終わったのです。

秀子は敗戦の報を聞くやいなや、美鈴を抱きしめたまま泣き崩れました。すでに硫黄島の玉砕で夫、清美《きよみ》の戦死を公報《こうほう》で知りながら、今までは気丈《きじょう》にふるまっていた姉でしたが、このとき、こらえてきたすべてが決壊《けっかい》したのです。声をふるわせ、慟哭《どうこく》のあまり呼吸が止まってしまうのではないかと思うほど泣き続けました。

「天皇も同じ人間ではないか！」

初めて、天皇陛下《へいか》の声を聴いた絢子は驚きました。

今まで信じていた現人神《あらひとがみ》とはいったい何だったのだろう？

絢子の身体から、雪崩《なだ》れのように何かが崩《くず》れていきました。

天皇陛下のために死ねと、教えられてきたのではなかったのか！

お国のため、戦争に命を捧《ささ》げるように信じこまされてきたのではなかったのか！

この戦争で、たくさんの尊い命がなくなってしまった。みんなに父がいて母がいて、兄弟姉妹がいて、友がいて、姉のような妻や美鈴のような子がいる家庭があったのに……。

絢子の胸に初めて、戦争への疑惑《ぎわく》と

不信が頭をもたげてきたのです。

皆、うつむいたまま座っていました。まるで時が止まってしまったかのように。

「はっ!」と、油を絞り出すように力の限り鳴く蝉の声に気がついたのです。すると急に、今まで張りつめていた力が抜け、「ほっ!」と、不思議な安らぎがこみあげてきたのです。

青い空のもと、熱い陽射しに向日葵《ひまわり》の黄色が目に沁みました。

電灯が灯った初めての明るい夜を迎えました。裸《はだか》電球が何と眩《まぶ》しいことでしょう。昨日《きのう》まで、灯火管制《とうかかんせい》で一日たりとも明るい夜はなかったのですから。敵機に見つからないように、窓に布を下げ、蒸《む》し暑い夏をすごさなければなりませんでした。電球の傘《かさ》の周りに覆《おお》いを掛け、わずかな灯りの下で顔を近づけ身を寄せ合って、毎晩、家族で食卓を囲んでいました。

夜中には、妹の瑤子《ようこ》と布団をかぶり、懐中電灯で本を読みました。これからは明るい電灯の下で読めるのです。もう隠《かく》れて読まなくてもよいのです。

絢子と瑤子は、家の外へ出ました。どの家もどの家も明かりが灯り、星が降ってきたような、何と美しい夜でしょう。ふたりは手をつないで、夜空を見上げました。ふっと夜風が通り過ぎると、「ああ、本当に戦争が終わったのだなあ」という思いがしみじみとこみあげてくるのでした。

回想

「子どもたちは無事でいるだろうか？　早く学校へ戻らなければ！」

敗戦の翌十六日早朝、絢子は大急ぎで食事をすませると、松本駅に向かいました。絢子の家は松本駅に近いところにありましたから、汽笛や機関車の動輪《どうりん》の響《ひび》きが聞こえ、たなびく黒い煙や白い蒸気《じょうき》がよく見えました。

「あの汽車は、お父さんが乗務している機関車！」

長い汽笛を鳴らして走っていく列車を絢子は子どものころから見送っていました。松本の駅はどんな時も絢子の生活と共にありました。けれどその日の松本駅は、いつもとまったく違っていたのです。駅構内が真昼のように明るいではありませんか。朝からすべての電灯が灯され、暗い今までの駅が、うそのようでした。

リュックを背負った人、大きな荷物を抱《かか》えた人、子どもの手をひいたり、赤子を背負った母親などが、構内にあふれていました。安堵《あんど》と不安の空気が漂《ただよ》う中、皆、口数少なく床に座り、汽車を待っていました。

人と人が折り重なった、すし詰《づ》めの汽車に乗ると、壊れた窓から、容赦なく入り込む煙のすすが、顔や服を黒く染めました。絢子の父はよく言ったものです。

「質の良い石炭は戦争で使われ、機関車には質の悪い屑《くず》のような石炭ばかりだ。効率よく機関車の釜に投炭《とうたん》するのは至難《しなん》の業《わざ》だ。だから汚れた煤煙《ばいえん》がふえるのだ」と。

絢子は、子どもたちに一刻も早く会いたく、はやる思いで平岡へ向かっていました。

ゴットン　ドッキン　ゴットン　ドッキン　……

蒸気機関車のあえぐような動輪の音が、絢子の胸の鼓動と重なって、出征していった兄弟たちの姿が、走馬燈《そうまとう》のように脳裏《のうり》を駆けめぐるのでした。

「金森の母さん！　早く来ないと、健男《たけお》が行っちゃうよ。戦地に行ったら、もう会えないじゃないか！」

健男《たけお》兄さんがビルマ出征の日、のぼり旗を立て、隣組の人たちが総出で見送っているというのに、母は台所のこんろの前に座ったきり、動こうとはしませんでした。一歩も家の外へ出ず、我が子を決して見送ろうとしなかったのです。

十八歳の弟の方志《まさぶみ》は、横浜経《けい》済《ざい》専門学校（現在の横浜国立大

学経済学部）の学生でした。二十歳の兵役《へいえき》まではまだ勉強できると喜んでいました。ところが昭和二十年、新年早々、徴兵検査を受ける年齢が、十九歳になったのです。それでも「まだ一年あるから助かった！」と、思う間もない翌月の二月、更に十八歳まで引き下げられてしまったのでした。若い学生を戦場に送らなければならないほど、日本の戦況はひっ迫《ぱく》していたのです。

弟は、徴兵検査を受けるために松本に帰ってきました。

学徒出陣すると決まった日、父は初めて男泣きに涙を流しました。そして耐《た》えきれなくなって、怒り、叫んだのです。

「健男も清美も戦争にとられ、とうとう方志まで！　兵隊にするために育てたんじゃない！　学校へやったんじゃない！」

あんなに怒った父を見たことがありませんでした。

「お父さんは非国民なのだろうか？？」

絢子はひそかに思ったほどでした。

弟は、姉弟ひとりひとりに遺書《いしょ》を書いて出征していきました。

「あこ姉ちゃん（絢子）は、よく熱を出して身体が弱いから、くれぐれもだいじにしてください。師範学校を卒業できてよかった。どうか立派な先生になってください。小さい時から泣き虫だった僕の面倒を見てくれてありがとう」

硫黄島へ征《い》った清美義兄《にい》さんは、零戦《ゼロせん》や雷電《らいでん》の戦闘機に乗り、中国、インド、ビルマの爆撃をしてきた横須賀《よこすか》海軍航空隊《かいぐんこうくうたい》の海軍軍人でした。横浜港から見送った妻、秀子の背中には、もの心もつかぬ、十一か月の乳飲み子の美鈴が眠っていました。

「もし、私から手紙がきて、『ウ』という字が書いてあったらそれは南方諸島であること、『二二』は母島、『二一』は父島、『五〇』はトラック島で、『二七』は硫《い》黄島《おうとう》。このことは軍の機密事項《きみつじこう》だから絶対に他言《たごん》してはならない。書き残さないで記憶しておくように」と、秀子に、ひそかに言い残して出港していきました。

昭和十九年春のことでした。

（それなのに……）

清美義兄さんは、硫黄島で玉砕。

ビルマへ行った健男兄さんの行方《ゆくえ》は分かりません。

兄さんの親友の友視《ともみ》さんは、広い中国のどこにいるのだろう。

卒業もできずに学徒出陣した方志は、今頃どうしているのだろう。

松本連隊でトラック島へ行く途中、海に沈んだ隣の家の義男《よしお》ちゃん。幼なじみの稔《みのる》ちゃんは、フィリピンで戦死してしまった。

小学校からいっしょだった恵《めぐみ》ちゃん。おじさんの自慢の息子だったのに、特攻隊で沖縄へ行ったきり、もう帰って来ません。

長野空襲のこと

先生たちは、約束したように学校に集まっていました。皆、行く先を失って海原《うなばら》漂《ただよ》う小舟のようでした。戦争に敗けた今、いったい何をしてよいのか分からぬまま、ただ茫然《ぼうぜん》と時間が過ぎてゆくばかりでした。

小沢先生が、十三日の長野の空襲のことを話し始めました。こらえきれなかったのです。そして、よほど恐ろしかったのでしょう。手が小刻《こきざ》みに震《ふる》えていました。

「妹が朝、出かけた時だったよ。……長野駅が狙《ねら》われたんだ。地上すれすれで機銃掃《きじゅうそう》射《しゃ》だよ。死にものぐるいに逃げまわる妹がアメリカ兵と目が合った……とたんに銃口《じゅうこう》がはずされて助かったんだ」

小沢先生が、語り終えたそのときでした。

突然、異様《いよう》な物音が聞こえたのです。

何事が起こったのかと、皆で教室にかけつけると……。

「かんにんなぁ、かんにんなあー」

机を積み上げた中にたてこもった南先生が、狂ったように床を叩き、額《ひたい》を打ちつけ、号泣《ごうきゅう》しているではありませんか。教え子を青少年義勇軍《せいしょうねんぎゆうぐん》に送ってきた南先生です。

「行け満州へ！」

「俺も行くから君も行け！」

国のよびかけに国策を信じて、親を説得していた南先生は、満州の楽土《らくど》の夢を子どもたちに一生懸命に語っていたのです。

「ゆるしてくれ、ゆるしてくれーぇ」

行方も、生死もわからぬままになった子どもたちひとりひとりの名を、声をかぎりに呼び続けておりました。

自責《じせき》の念に耐《た》えきれなかったのです。

その声は、絢子の耳に生涯《しょうがい》、消えることはありませんでした。

進駐軍がやってきた

進駐軍

戦争が終わって、学校は、不気味なほど静かになりました。

九月に入るとすぐ、緊急の職員会議が開かれ、校長先生から肝《きも》のつぶれるような話が伝えられたのです。進駐軍《しんちゅうぐん》が平岡の学校にやってくるというのです。十三崖地下壕に埋蔵してある武器弾薬を撤去《てっきょ》するためでした。北校舎が、こんどはアメリカ兵の宿舎になるのです。

先生たちみんなが宿舎づくりのために、校舎の引っ越しをしなければなりません。とりわけグランドピアノを二階から降ろすのは、大変な作業でした。

絢子が学校から帰る、ある夕暮れのことです。北校舎に続く学校の裏門を出ると、コスモスが一面に咲いていました。ふと十三崖の方角に目をやると、薄暗闇に、まるで祭りの提灯《ちょうちん》行列のように、ランタンの灯が一列に光っているのが見えたのです。進駐軍がやってくる前に、知られてはならないものを運び出していたのか？　それとも幻だったのか？

絢子は、誰にも話すことができずに、ただ何かが始まるのではないか、という胸騒《むなさわ》ぎがしてなりませんでした。


それからまもなくして進駐軍はやってきました。すすきの穂がつややかに光るころ、十三崖地下壕に埋蔵された武器の撤去が始まったのです。日本軍によって運び込まれた膨大《ぼうだい》な武器や弾薬を、今度はアメリカ軍が運び出すのです。

進駐軍の大型トラックが次々と十三崖から、山のように武器や弾薬を積んで走ってきます。運びきれずに、十三崖対岸の松林に野積《のづ》みにされたほどでした。それらは、どこへ運ばれて、どこへ捨てられたのでしょう。

信州中野の駅から輸送された大量の武器弾薬は、千葉県銚子沖の太平洋に捨てられたともいわれます。千曲川にも捨てられました。しかし、すべては軍事機密。後々まで、目撃した人の証言の域を出ることはありませんでした。

小さな武器類は学校へ運ばれ、校庭で燃やされました。校庭の真ん中で、黒人のアメリカ兵が、終日、重油をかけて燃やしていました。

「バキッ、バキッ!」

たたき割る音が聞こえてきます。武器といっしょに、家々から集められた家宝の刀剣も燃やされました。

学校で軍事訓練に使った薙刀《なぎなた》や竹やりも、みんなみんな燃やされました。いつ終わるともなく立ち昇る黒い煙が、青い秋の空に消えていきました。

焚書《ふんしょ》

「戦争に敗けて、今まで勉強してきた教科書はもう使えなくなりました。修身《しゅうしん》と国史《こくし》(日本の歴史)と音楽の教科書を集めます。みなさん、先生の机の上に持ってきてください」

子どもたちに、絢子はやっとの思いでお願いしました。進駐軍と国の命令に従わなければなりません。

ついこのあいだまで勉強してきた教科書を、燃やさなければならないのです。特に修身の教科書は、雨にぬらさないよう、汚さないよう、大切におしいただいて授業をしてきたではありませんか。それなのに、ゴミを焼くようにして、もう必要ないというのです。

子どもたちから集められた教科書の山を、男の先生たちが校庭の隅で燃やしていました。軍歌のレコードや学校日誌（昭和十九年の日誌）も、戦時色のものは後に残してはいけないというのです。みんな火に投げこまれました。

教室から、赤黒い炎をじっと見つめる子どもたちは、むせる臭いと黒煙で、鼻水で顔をくしゃくしゃにさせて、声をあげて泣きました。

チューインガム

校舎の中を、アメリカ兵たちがわがもの顔で歩いています。

教室に入ってきて、子どもたちの持ち物にさわったり、パラパラと教科書をめくっています。子どもたちは怖くて身じろぎもせず、じっと我慢《がまん》をしていました。

職員室へもやってきて、ものめずらしそうにあたりを見回し、断りもなく書棚《しょだな》から本をとり出して眺めていました。自分の部屋のように椅子に腰をおろし火鉢《ひばち》に温まっていることもありました。

ある休憩時間のことです。いつもと違う騒がしさに、先生たちが皆で校庭へとびだしてみると、

「ガム、ガム、プリーズ」「ギブ・ミー」

ガムを見せびらかすアメリカ兵に、子どもたちが手をかざしてつきまとっているのです。どこでおぼえたのか、片言《かたこと》の英語で。

先生たちの止める声もとどきません。

遠くへ放り投げられた一個のチューインガムに、蟻《あり》のように群《むら》がっていました。下敷きになって顔を擦《す》りむいた子どももいました。

またある日曜日の午後には、お菓子が食べたくて、進駐軍の宿舎に入った子どもがいました。中野町（現在の中野市）の警察からの連絡に、急遽《きゅうきょ》、職員会が開かれ、校

長先生と担任と親が詫びて連れ戻しに行きました。

「悪いことはよくわかる。しかしなぁ、腹をすかして、食べたかっただろうに。かわいそうでならん」

校長先生はつらそうに、ぽつりと言っただけでした。

そして、全校の子どもたちを前に切々と訴えたのです。

「皆さん！　ひもじくても、けっして卑《いや》しくなってはいけないのだよ」

絢子たちも、惨《みじ》めさとくやしさに、じっと耐《た》えるのでした。

墨塗教科書

国からの新しい命令がきました。

教科書の教えてはいけないところに、墨《すみ》を塗《ぬ》らなければなりません。

歴史や修身の本が焼かれたうえに、残った教科書に墨を塗ったら、いったい何を教えたらいいのでしょう？　経験の浅い新任教師の絢子は、ほとほと困り果ててしまいました。

「生徒にうそを教えてはならない」

と、師範学校で、まず教えられたのではなかったのか。今まで教えてきたことは間違っていたというのです。

それでも子どもたちは、絢子に言われたとおり、教科書をいちページいちページめくりながら、手を黒くして一心に墨を塗っていました。本当につらい授業でした。虫食いのようになった教科書を前に、絢子はただただせつなくなるばかりでした。

ピアノが育んだ友情

ノクターン

手さぐりの日々、毎日、絢子は放課後になるとピアノを弾《ひ》きました。暗中模索の中でそれは何より心の安らぐ時間でした。

つい何日か前に焼かれた音楽の教科書には、たくさんの軍歌が載っていました。

敵は幾万《いくまん》ありとても　すべて烏合《うごう》の勢《せい》なるぞ
などて恐るる事やある　などてたゆとう事やある　……　〈敵は幾万〉

轟《とどろ》く砲音《つつおと》　飛び来る弾丸《だんがん》　……　〈広瀬中佐〉

戦争中であっても絢子は、軍歌を子どもたちに教える気持ちにどうしてもなれませんでした。後ろめたい気持ちで、教科書から軍歌以外の歌を選んで歌っていました。

戦争が終わった今は、自由に好きな歌を歌わせることができるようになったのです。

ただいちめんに　たちこめた　牧場の朝の霧の海
ポプラ並木のうっすりと　黒いそこから勇ましく
鐘が鳴る鳴る　かんかんと　……
〈牧場の朝〉

遠い山から吹いてくる　小寒い風にゆれながら
けだかく清く　匂う花　きれいな野菊《のぎく》　うすむらさきよ
秋の日ざしをあびてとぶ　とんぼをかろく休ませて
しずかに咲いた　野辺《のべ》の花　やさしい野菊　うすむらさきよ
〈野菊〉

絢子は、喜んで歌う子どもたちを想い浮かべ、一生懸命にピアノの伴奏《ばんそう》を練習しました。そして、いつも傍《かたわ》らにあったのは、ショパンの「ノクターン」の楽譜です。絢子にとって

は難しい曲でした。
けれど、小島先生が楽譜をくださったときから毎日、練習することが何よりの楽しみでした。ぼんやりとしていたノクターンの姿が、だんだんはっきりと現れてくるのが、どんなにかうれしかったのです。

その日も、ピアノを弾いていました。いつものように、「ノクターン」を弾いてから帰ろうとした時です。

……ガッツ　ガッツ　ガッツ　ガッツ

遠くから、軍靴《ぐんか》の音が聞こえてくるではありませんか。絢子は思わずピアノを弾く手を止めました。恐ろしさに体はこわばり、どうしてよいのか、ただただ楽譜を見つめているばかりです。

靴の音はだんだん近づいてくると、絢子のいる教室の前でピタリと止まりました。きっ！と、身構《みがま》えた絢子の後ろには、痩《や》せて、見上げるように背の高いアメリカ兵が、軍服《ぐんぷく》を着、進駐軍の帽子をかぶって立っていたのです。初めて間近《まぢか》で見たアメリカ兵の姿でした。

何をされるのか震えている絢子に、そのアメリカ兵は身ぶりで語りかけてきました。思いがけなくやさしい口調で、名乗ったようにも聞こえました。

「ピアノ　ワタシニ　ヒカセテクダサイ」

少しだけ安心した絢子は、言われるままにイスを立ちました。

きっと、絢子の弾いていたピアノの音に誘《さそ》われたのでしょう。兵隊さんは、ほほ笑みを浮かべ、うれしそうにイスに座りました。

しばらくの間、じっと目をつむっていました。どのくらいの時間がたったのでしょう。その静けさが、絢子にはとても長く思えました。

やがて、兵隊さんは首《こうべ》を上げ、ゆっくりと大きな手を鍵盤《けんばん》に置いて、弾きはじめたのです。

〜♪　♪　♪　♪　♪　〜

ショパンの「ノクターン」です！　今、絢子が練習していた憧《あこが》れの「ノクターン」ではありませんか！

兵隊さんは、堰《せき》を切ったように弾き続けました。

絢子は、初めてノクターンをピアニストの演奏で聞くことができたのです。なんとすばらしい曲！　なんと美しいピアノの響《ひび》き！

それから今までに聴いたことのない曲も、次々とピアニストの兵隊さんの指先からこぼれ、漆黒《しっこく》に光る箱からあふれていきました。

絢子はピアノの調べに、時を忘れ、妙《たえ》なる響きに包まれていくのでした。

すると不思議なことに、あんなにつらく長かった戦争の日々が、一瞬の幻《まぼろし》であったかのように遠くなっていったのです。

懐かしのバージニア

次の日も次の日も、ピアニストの兵隊さんはやってきました。ほかのアメリカ兵たちも、ひとりまたひとりと集まってきました。

学校の先生たちも、恐る恐る聞きにやってきました。日ごとに、ピアノを囲む輪が大きくなっていきました。

あるとき、口をつぐんだままだったピアニストの兵隊さんが、突然、自身の奏《かな》でるピアノの調べにのせて、歌いはじめたのです。

Carry me back to Old Virginny……

「ああ！『懐かしのヴァージニア』の歌！」

思わず絢子はつぶやきました。

つい一か月前まで、歌ってはならなかった敵国の歌、英語の歌です。それでも歌いたい一心で、妹の瑤子と、声をひそめて歌った「懐かしのヴァージニア」。弟の方志《まさぶみ》が好きでよく歌っていた「懐かしのヴァージニア」ではありませんか。

いざ行かん　なつかしの　夢に憧《あこが》る　ヴァージニア
鳥の歌に綿の花　白く匂《にお》うふるさと
黄金《こがね》色の麦の畑　我《われ》を生みし　その土よ

〈アメリカ民謡　懐かしのヴァージニア〉

故郷を思い起こすように歌うその声は、せつなく絢子の胸に沁みました。

谷間の灯

ピアニストの兵隊さんが歌い終えると、皆、黙したまま、その場に立ち続けていました。それぞれに自身のふるさとを想っていたのでしょう。

すると、じっとイスに座ったままだった小柄なアメリカ兵が、つぶやくように歌いだしたのです。

There's《ゼアズ》 a《ア》 lamp《ランプ》 shinin'《シャイニィン》 bright《ブライト》 in《イン》 a《ア》 cabin《キャビン》,

続けて、もうひとりのアメリカ兵が歌いました。

In《イン》 the《ザ》 window《ウィンドゥ》 it's《イッツ》 shinin'《シャイニィン》 for《フォー》 me《ミー》,

どこからともなく、アメリカ兵皆が次々と歌いはじめたのです。

And《アンド》 I《アイ》 know《ノウ》 that《ザット》 my《マイ》 mother《マザー》 is《イズ》 praying《プレイング》
For《フォー》 the《ザ》 boy《ボーイ》 she《シィ》 is《イズ》 longing《ロンギング》 to《トゥ》 see《シィー》……

先生たちも導かれるようにして、声を合わせていました。

When《ホエン》 it's《イッツ》 lamp《ランプ》 light《ライト》 in《イン》 time《タイム》 in《イン》 the《ザ》 valley,《バレー》
Then《ゼン》 in《イン》 dreams《ドリームズ》 I《アイ》 go《ゴウ》 back《バック》 to《トゥ》 my《マイ》 home《ホーム》

歌声はしだいにふくらんでいきました。

たそがれに　我が家の灯　窓にうつりしとき
わが子帰る日祈る　老いし母の姿
谷間灯《ひ》ともしごろ　いつも夢に見るは

あの灯　あの窓　恋し　ふるさとのわが家
懐かしき母の待つ　ふるさとのわが家

〈アメリカ民謡　谷間の灯《ともしび》〉

日本語と英語で紡ぎ合う「谷間の灯《ともしび》」が、部屋中に響きわたり、歌声の波は学校のすみずみに伝わっていきました。

窓辺からのぞいている子どもたちが、不思議そうにじっと聴いていました。

荒城の月

ピアニストの兵隊さんのピアノに合わせて、いろいろな国の歌を歌いました。

「ステンカラージン」〈ロシア民謡〉
「庭の千草」〈アイルランド民謡〉
「埴生《はにゅう》の宿」〈イングランド民謡〉

「サンタルチア」〈イタリア民謡〉

つぎつぎと歌が湧《わ》いてくるのです。

「ケンタッキーの我が家」

「故郷の人々」

「オールド　ブラック　ジョー」〈アメリカ民謡〉

兵隊たちが、故国アメリカの歌を歌うときにはひときわ力強く響きました。

日本の「さくらさくら」も、いっしょになって歌いました。

ピアニストの兵隊さんは、絢子の手渡した「荒城の月」の楽譜を見て伴奏を弾きました。難しかったのでしょう、兵隊たちはハミングで合わせました。

〈この美しいピアノを弾く手に、銃を持っていたというの……

この人たちが、憎み続けた鬼畜《きちく》だったというの……？〉

そこには、勝者も敗者も、ありませんでした。敵も味方もなかったのです。

音楽に国境はありませんでした。

言葉が違っても、歌声が心と心をつないでいきました。

〈ああ　人は皆おなじだったのだ〉

絢子は、みんながひとつになれる安らぎと、初めて経験する戦争のない幸福に満たされていました。

nen nen kororiyo okororiyo（ねんねん　ころりよ　おころりよ）

子守り唄を口ずさみながら、兵隊たちは北校舎の宿舎へ帰っていきました。

もみの木

O《オー》 Christmas《クリスマス》 tree《ツリー》, O《オー》 Christmas《クリスマス》 tree《ツリー》……

O Tannenbaum《オータンネンバウム》, O Tannenbaum《オータンネンバウム》 ……

大地に霜が降《お》り、もうすぐ真っ白に生まれかわろうとするころ、北校舎から、英語とドイツ語の歌声が聞こえてきました。

もみの木　もみの木　永遠《とわ》に緑よ
日照りの夏にも　雪積《つ》む冬にも
もみの木　もみの木　永遠に緑よ

〈ドイツ民謡　もみの木〉

日本語で先生たちも歌いました。
昭和二十年十二月、早いクリスマスを終えた翌日、ピアニストの兵隊さんたちが、職員室にやってきました。
進駐軍の食料にしていた牛肉とアスパラガスの大きな缶詰をかかえ、職員室の大机に置きました。お別れにきたのです。
兵隊さんたちは、先生たちひとりひとりとさわやかに握手を交わし、

「サ・ヨ・ナ・ラ」

の一言を残して、平岡を去っていきました。

もうすぐ激動の昭和二十年が幕を下ろす、小雪舞う日の朝のことでした。

初めて口にした、コンビーフの牛肉のおいしさ、初めて見る白いアスパラガスのブヨーンとした不思議な食感と味は、ピアニストの兵隊さんたちの名残りのようでした。

ありがとう、みんな

塩むすび

子どもたちと先生だけの学校がもどってきました。凍《い》てつく朝、子どもたちは、キラキラ光る雪の眩《まぶ》しさに目を細め、白い息を吐《は》きながら、頬《ほお》を紅くそめて学校に通ってきました。警戒警報のサイレンに、皆で避難した桑畑の雪原の上を、今は雪わたりです。

向こうに見える十三崖もすっかり雪に籠《こも》っていました。キュッキュと雪踏む音だけが聞こえます。雪野原に、長箸《ながばし》のような桑の木先が何列も突き出ていて、まるで枯れ木の林のようでした。

戦争が終わってもなおいっそう、何もかも乏《とぼ》しく、衣料も靴も、鉛筆もノートも、魚も米も、配給切符《きっぷ》で決められた分しか買うことができません。絢子も、少ない配給のお米を雑炊《ぞうすい》にしたり、お芋を入れて量を増やして食べました。学校へ持っていくお昼ごはんは、校庭で採れた筋ばかりの細いさつまいもや蒸《ふ》かしたじゃがいもです。いつもお腹《なか》が空《す》いていました。

三学期が始まったある日、絢子の机の上に、新聞紙でくるんだ小さな包みが置いてありました。

そっと開くと……、子どものにぎりこぶしくらいのまあるいおむすびが三つ、並んで包まっているではありませんか。長いこと見たことのなかった、まっ白い塩むすびです。

絢子は胸がいっぱいになって、面《おもて》を上げることができません。

「だれが持って来てくれたの？」

けれど、だれひとり答えようとはしません。みんなニコニコして、絢子を見ているばかりです。

その塩むすびの、なんとおいしかったことでしょう。真心の塩むすびでした。

子どもたちも、約束したように、みんなが三個の塩むす

びを持ってきました。

五年生までは、弁当箱にご飯を詰めてきましたが、六年生になったときから、おむすびを持って来るようになったのです。弁当箱がなくなってしまったからでした。

昭和二十年三月の、ちょうど硫黄島玉砕《いおうとうぎょくさい》の黙祷式《もくとうしき》が終わった後に、子どもたちの弁当箱が集められ、供出《きょうしゅつ》されてしまったのです。

家の鍋や釜《かま》、窓の鉄格子《てつごうし》やお寺の鐘《かね》まで、鉄や銅の金属を供出してきましたが、アルミの弁当箱まで鉄砲の玉になったというのでしょうか。


三個の塩むすびは、子どもたちが卒業する日まで毎日毎日、教卓に置かれました。

絢子は手を合わせて、二個を子どもたちとお昼に、あとひとつは家へ帰って、夕飯にいただきました。

「ありがとう!」

子どもたちは、先生の粗末《そまつ》な食事を見ていたのです。平岡は寒村《かんそん》です。それでも、農家でお米をつくることができました。子どもたちの家《うち》で、交代におむすびをつくってくれたのでしょう。そのことは、最後まで、明かされることはありませんでした。

ふるさと

いつしか子どもたちは、毎日、絢子のピアノに合わせて歌を歌うようになりました。

菜の花畠《ばたけ》に　入日《いりひ》薄《うす》れ
見わたす山の端《は》　霞《かすみ》深し
春風そよ吹く　空を見れば
夕月かかりて匂い淡し　……

〈文部省唱歌　朧月夜〉

兎《うさぎ》追《お》いし　かの山
小鮒《こぶな》釣りし　かの川
夢は今もめぐりて
忘れがたき　故郷《ふるさと》

……思い出ずる　故郷《ふるさと》
……山は青き　故郷
……水は清き　故郷
〈文部省唱歌　故郷〉

歌い終わると、子どもたちは絢子にせがみます。

「先生、ノクターン弾いて!」

ピアニストの兵隊さんが弾いたノクターンです。

絢子は、一生懸命《いっしょうけんめい》弾いて聞かせました。

子どもたちは、絢子のピアノを弾く手をじーっと見つめ、ピアノのまわりからなかなか離《はな》れようとしません。

絢子の願いはただひとつ。この子たちを、幸せな気持ちで卒業させてあげることだけでした。

仰げば尊し

仰げば尊し　我が師の恩
教えの庭にも　はや幾《いく》とせ
思えば　いと疾《と》し　この年月《としつき》
今こそ　別れめ　いざさらば

互いに睦《むつみ》し　日頃の恩
別るる後《のち》にも　やよ　忘るな
……

朝夕　馴《な》れにし　学びの窓
蛍の灯《ともしび》　積む白雪《しらゆき》　……

〈日本の唱歌〉

昭和二十一年三月、ともに分かち合って生き抜いた激動の二年間を後にして、子どもたちは卒業していきました。

絢子も、ふるさと松本の出身校、鎌田《かまだ》小学校へ転任《てんにん》することにきまりました。

絢子は思い出があふれるほどつまったリュックを背負い、子どもたちが持ち寄った餞別《せんべつ》のお米や豆を抱いて駅のホームに立ちました。

二年前、初めて先生になった日に降り立った駅、満州へ発つ義勇軍の子どもたちや出征する小幡先生を送った駅、三月というのにまだ雪深い、四ケ郷《しかごう》の駅です。


「せんせぇー、せーんーせぇー」

「ちりめんせんせぇー」


電車に追いすがる子どもたちとの別れを、白い衣《ころも》の高社山《たかやしろ》が、裾野を拡げ、そっと見守っていました。

高い空から、チョウゲンボウも見送っていました。

遠く遠くなっていく子どもたちに、絢子はいつまでもいつまでも手を振りました。

そして、こみ上げる涙《なみだ》をこらえて祈《いの》るのでした。

「子どもたちがみんな、幸せに生きていかれますように」
「この世の中に戦争がなくなりますように」
「日本が平和でありますように」
「世界が平和でありますように」
「人々の心が、どうか平和でありますように」

あとがき

「戦争はこりごりだよ」
「戦争はいやだ！」
「戦争は人を殺して殺されて　酷《むご》いよ　悲しいよ」
「戦争はどんなことがあっても　絶対しちゃいけない！」

これが、戦争を体験し尽した者の魂の叫びです。母の芯からのことばです。

母のように生きて語れる者は稀です。けれど、様々に戦争を体験し、命をなくされた幾百万の方々が、もし今訴えることができたとしたら、はたして「もう一度、戦争をしたい」と言うでしょうか。

破壊された国土、累々とした犠牲者の上に、やっと手にすることができた七十余年の平和です。悔恨と深い反省、二度と戦争はしないという固い約束のもとに、私たちは平和な時代に生かされている幸せを決して忘れてはならないと思います。

しかし、戦争の時代を知る人々が日を追って少なくなっている今、砂時計の砂が落ちていくように、抗うことのできない時の流れの中に生きていることをしみじみと思います。戦争がだんだん遠のき、体験の痛みが薄れ、それどころか平和を壊そうとしている事々がひしひしと感じられるのは私だけでしょうか。

そんな中で、大正十三年（一九二四）に生まれ、九十四年を生きてきた母が語ってくれたひとつひとつの体験が、どんなにか貴いことであったかと改めて思います。もし書き残さなかったら何もなかったと同じく消えてしまいます。証であるこの本が、日本に戦争がなかった稀な時代、平成が終わろうとする節目に上梓されましたことを感慨深く思うものです。

本書『ピアニストの兵隊さん～ちりめん先生の記』を読んでくださった方々に、戦争の理不尽さ、平和の尊さを伝えることができたら幸せです。

本書の出発点となったのは二〇一一年八月、郷土出版社から刊行された「語り継ぐ戦争絵本シリーズ」の八巻目『ピアニストの兵隊さん』（古畑博子・著／野中秀司・絵）でした。出版後、ピアニストの兵隊さんのアメリカ兵が教室で弾いているピアノを聞いたという、当時小学生だった方をはじめ、様々な方からお話を聞くことができました。そして何より、「本に書かれているのは、私の父です！」と本書の七頁と七〇頁に登場する南先生の娘さんと感動的な出会いを果たしたことです。校長先生になってすぐ五十歳で亡くなられた南先生の遺影と、母は七十年ぶりに再会することができました。南先生は最期まで良心の呵責に苛まれておられたのだと思います。義勇軍で満州へ送った教え子のことは、家族に一言も話されなかったということです。

その満州から移送された、莫大な量の武器弾薬は、十三崖地下壕に埋蔵された末、何処《いずこ》かに捨てられました。

同じ時、前線の兵隊は、充分な武器さえ与えられず、戦うことも身を守ることもできずに見殺しにされていたのです。十三崖地下壕は、むなしい戦争の遺跡です。戦争は不条理で非情です。

廃刊となった絵本『ピアニストの兵隊さん』（郷土出版社）の「あとがき」は、今も私の原点ですので、以下にその抜粋を掲載させていただきます。

「平岡」「千曲川」「夜間瀬川」「高社山」「十三崖」、そして教え子や先生方の名前が、母の口から、ポツリポツリとこぼれるのを、私は、幼少のころより耳にしてきた。それらは、懐かしく、愛おしく、母にとって宝物のようなひびきを秘めていた。

太平洋戦争末期から敗戦という、日本の大転換期。その二年間を生きたひとりの新任教師、金森絢子（旧姓）の心に刻印された思い出と、埋もれた記憶のひとつひとつを拾いつなげるのが、このたびの私の役目であったと思う。

二〇〇八年初秋、六十五年前の母の記憶を辿りつつ、中野市平岡を訪れた。（中略）教え子のよし子ちゃん（補足：本書五頁に登場）と何十年ぶりの再会の後、地域史を研究されている徳永泰男さんの案内で、この本の舞台となる場所ひとつひとつを確かめ歩いた。過去と今を繋げる一日であった。

子どもらと、勤労奉仕で汗を流した道に立った母は、

「こんなに狭かったのかしらね？」

と、記憶を必死に重ね合わせ、呟いた。

人界を拒絶するかのように立ちはだかる断層の大屏風、当時の十三崖は、褐色の土の肌むき出しであったと云う。今は、緑に覆われ、地下弾薬庫の入口さえ見つけ難い。生息する天然記念物チョウゲンボウ集団繁殖地の保護のためか、夜間

瀬川の河川敷で雑草刈りをしている人に、「ここ十三崖に地下弾薬庫があったことは？」と、尋ねると「知りません」と、空しいことばが返ってきた。今、たとえ人々の記憶から消えつつあったとしても、崖の胎内の空洞は、すべてを知っている。対岸には、かつて、地下壕から運び出しきれない武器が野積みにされた松林。今は、わずかな松の木を残すのみとなっていた。新任の母が五年生の担任の時、四年生であった徳永泰男さんは悪戯仲間と、積まれた銃から薬きょうを抜いて、危ない遊びをした思い出を語った。

「先生たちは何も知らなかったわねえ」

と、母は、ほっとしたように微笑んでいた。ストーブの焚き木を貰いに行った〝竹原製作所〟は今もなお当時のままである。

「こんなに遠かったのね！　子どもたちは本当にけなげで、一生懸命働きました」

母は、ひとりひとりの姿を想い巡らしていたことだろう。

ショパンのノクターンを聴くたびに想う。ピアニストの兵隊さんは、アメリカで今、どうしているのかと。もう亡くなられているかもしれない。でも、残された家族や友人に、きっと、日本で弾いたピアノのこと、そして一緒に歌った思い出を話していたにちがいない。母が私たちに語ったように。

共に歌ったアメリカ兵たちも、あの時に憶えた日本の歌、「こもりうた」や「ふるさと」をきっと、口ずさんだことだろう。

平岡小学校の後、母は、松本市鎌田小学校へ転任した。長野県の教育界を震撼させた軍政部教育官ケリーによるケリー旋風が吹き荒れる中、配給制度に象徴される最も貧しい戦後の教育受難の時を過ごした。

本書に記した、母の兄弟は皆、戦後、奇跡的に生還することができた。硫黄島で玉砕と報じられていた義兄の倉田清美が、グァム、ハワイでの捕虜の後、生還（倉田秀子著『硫黄島の石』）。弟の金森方志は、二年卒業を繰上げし、十八歳で学徒出陣。東京空襲、横浜空襲、長岡空襲を目のあたりにして、故郷の松本に帰ってきた（金森方志著『生きて在る日に』）。兄、金森健男は、映画「戦場に架ける橋」の舞台、ビルマ（現在のミャンマー）とタイ国境で、同様の架橋工事をして生き残った。後に母が結婚して私の父となる、健男の親友、古畑友視も、中国北支の北京辺り、黄河の架橋鉄道工事で、七年の間に幾度か死線をくぐりぬけてきた。

皆、戦後日本の復興を底辺で支え、それぞれ必死に働いてきたが、年往きて今は昔、鬼籍の人となってしまった。

（中略）今、青少年義勇軍で満州へ送った子どもたち、満州開拓団高社郷の人々が偲ばれてなりません。高社山の故郷を想い、自決に追い込まれていった六百余名の出身地のひとつである平岡。同時期、平岡での母の戦争体験は、あの時代を生きた人々の何百万分の一であるけれど、書き残せるのは、身近にいる私しかいないと、使命にも似た思いで筆をとった。机に置かれた二十歳の母と五十五人の教え子たちの記念写真。その一途なまなざしに見守られながら……。（以下略）

『ピアニストの兵隊さん』（郷土出版社　二〇一一年八月）より

その後、七年の年月が経ちました。母の介護をしながら日々生活を共にしていると、折々に母の口から、初めて耳にすることや、すでに書かれた内容がさらに詳しく語られてまいりました。それらをできる限り残しておきたく、新たにずいぶん書き加えました。行き詰まると、ピアノに向かい、ノクターン（ショパン作曲　作品9の2）を弾きました。ノクターンの響きは時間も場所も超えることができるから。こうして『ピアニストの兵隊さん～ちりめん先生の記』が甦ることができました。

このたびの出版にあたり、私の思いをくみ取ってくださり、何度も足をお運びになって、出版まで導いてくださった、ほおずき書籍の社長・木戸様には感謝の言葉がありません。

再び二人三脚で本書の制作に取り組んできた、洋画家の野中秀司さん。終始支えてくださいました。素晴らしい挿絵で世に出ましたことを、本当に嬉しくありがたく思います。

貴い体験を話してくれた母。当時のことを一生懸命に思い出し、私の質問に真剣に応えてくれた母あってこそ書くことができた本です。生きていてくれてありがとう。娘の私が書き残すことができました。

そして、たくさんの方々の応援があって、ここまで来ることができました。すべてのすべてに感謝申し上げます。

最後に、戦争のない世の中でありますように、世界人類が平和でありますように、皆様とともにお祈りしたいと思います。

古畑　博子

兵なれば　ピアノ弾く手に銃を持つ
敵も味方も　憐れ戦は

古畑絢子（旧姓・金森）詠

●著者紹介

文・古畑　博子（ふるはた ひろこ）

1948年12月8日松本市生まれ。新潟大学教育学部卒業。

長野市、塩尻市、安曇野市、松本市で、教職につく。後に波田町（現在の松本市波田）公民館勤務。図書館と子どもの本の活動、音楽文化活動、米（インディアナ州）高校交流教育等を行う。

私塾「HIROKOの教室」で、寺子屋式教育を原点に、学習指導、ピアノ指導を続けている。2011年『ピアニストの兵隊さん』（郷土出版社　語り継ぐ戦争絵本シリーズ⑧）を著す。

2002年から地元、松本市波田の新島々駅隣で「カフェプレイエル＆ギャラリーやましろ」（加藤大道美術館）を営み、所蔵ピアノのプレイエル（1923年製）とエラール（1909年製）を中心にしたコンサート活動や、山と童心の版画家・加藤大道と永井隆（長崎市）の共同作品、「原子野の花」を常設展示。

2018年から、子どもの心象画家・野中秀司の油絵を常設展示している。

絵・野中　秀司（のなか しゅうじ）

1959年松本市生まれ。洋画家。
ジュネーブ国際平和遺産認定作家／世界平和芸術家協会（W.P.A）会員／サロン・ド・ロートレック正会員／タイ国立シラパコーン大学世界芸術文化交流アカデミー名誉教授／シエナ日本芸術家協会会員／一般社団法人世界芸術文化交流会評議員／野中絵画教室主宰
在リヨン日本名誉総領事賞（フランス）／国際児童社会教育芸術賞（内閣府 W.C.F 国際児童基金）／『アジア芸術記念日』制定　アセアン外郭団体 W.A.C ／ W.A.C 推薦芸術賞（日光東照宮萌志展）及び作品奉納／フランソワ一世至宝名画賞／エコール・ド・パリ国際芸術賞／アジア教育芸術賞（世界芸術遺産百科事典）／国際芸術文化賞（日本文化振興会）／ほか　国内外受賞多数
〔主な画集〕
日本情操文化学会「優良図書認定」（日本情操文化学会）
詩画集『一期一会』（美研インターナショナル）
〔絵本挿画（読み聞かせシリーズ）〕
『ものぐさ太郎』『うさぎのミミちゃん』『ピアニストの兵隊さん』『松本一本ネギ』『上高地から帰って来た犬』（以上、郷土出版社）
『だいだらぼっち』（ほおずき書籍）
・小学校３年生の道徳教育のための副読本『平成28年度改訂新版　わたしたちの道』へ『うさぎのミミちゃん』転載
・小学校２年生の国語教科書で『ものぐさ太郎』が紹介

ピアニストの兵隊さん
〜ちりめん先生の記〜

2019年1月23日　第1刷発行
2019年4月15日　第2刷発行

著　者　古畑　博子

発行者　木戸ひろし
発行所　ほおずき書籍株式会社
〒381-0012 長野県長野市柳原2133-5
TEL 026-244-0235　FAX 026-244-0210
www.hoozuki.co.jp
発売元　株式会社星雲社
〒112-0005 東京都文京区水道1-3-30
TEL 03-3868-3275

ISBN978-4-434-25547-2